LA INTRIGA DEL LIMONERO

COLECCIÓN MICKEY RANGEL, DETECTIVE PRIVADO

POR RENÉ SALDAÑA, JR.

Traducción al español de Natalia Rosales-Yeomans

PIÑATA BOOKS
ARTE PÚBLICO PRESS
HOUSTON, TEXAS

Para Tina
y mis hijos,
Lukas, Mikah y Jakob

HOY HABÍA SIDO OTRO DÍA DE MUCHO CALOR EN LAS profundidades del sur de Texas, y de acuerdo al meteorólogo, no había ninguna posibilidad de que se enfriara pronto. Ya habíamos alcanzado un récord, diecisiete días seguidos con un clima bochornoso de más de 100 grados. "Sin ninguna nube en millas a la redonda, esta ola de calor llegó para quedarse" dijo el reportero. "Así es que manténgase a la sombra y beba *mucha* agua. Y lo repito mucha agua". De su boca al viento: y no lo vas a creer, dónde estaría mi suerte que terminé en el camión de la escuela que tenía descompuesto el aire acondicionado. Cuando el chofer lo encendió saliendo del estacionamiento de la escuela, el compresor se quejó y crujió, lanzando raros gases por las rejillas de ventilación, refunfuñó y después murió. ¡KAPUT!

Así es que ahí estaba yo, sudando la gota gorda, sentado al lado de un niño que olía a leche podrida. Las ventanas abiertas no ayudaban en nada, y menos para mejorar el ambiente. No era la mejor situación. Pero, ¿qué más podía hacer? No había ningún otro asiento libre. Estaba atrapado.

Al menos el camión se movía, a paso de tortuga, pero se movía, así es que en algún momento llegaría a su fin aquel calor insoportable. Para remediar la otra amarga circunstancia respiraba por la boca y exhalaba por la nariz, evitando así el efecto directo del tufo del Cuajado sentado a mi lado. En ese momento envidié más que nunca a Ricky, mi hermano gemelo. Verás, él se había quedado en la casa esa mañana por una gripa. Se veía muy mal cuando fui a verlo antes de salir para la escuela. Tosía y algo repugnante y amarillo salía de su garganta y estaba tan pálido como un fantasma. Sin embargo su sufrimiento no era nada comparado con el mío en este momento, un pavo rostizado atrapado en este maloliente horno sobre ruedas.

Al menos la escuela había acabado e íbamos camino a casa, donde tenía que estar más fresco que en este camión.

Finalmente llegamos a mi barrio y casi inmediatamente divisé el letrero que anunciaba mi salvación: *Se vende limonada SÚPER HÍPER FRÍA, 50 centavos el vaso. Repito ¡SÚPER HÍPER FRÍA!* Tina, la hermana menor de Bucho, quien no iba a la escuela porque recibía clases en su casa, estaba sentada bajo una sombrilla leyendo un libro con una jarra bien fría en una mesa inmediatamente a su derecha. Tina prácticamente no se parecía nada a su hermano mayor, mi archienemigo desde que usábamos pañales. Bucho era tonto como un muro de bloques, ella era un cerebrito. Él rompía todas las reglas, ella era muy tradicional. Él era mentiroso, mañoso, el peor idiota de todos, ella no. Y mejor no digo nada más.

En fin, busqué en los bolsillos del pantalón para ver si traía monedas para comprar un vaso de limonada. De hecho, traía suficiente como para comprar dos vasos. El plan era sencillo: tan pronto como llegara a casa, dejaría mi mochila en el porche para después agarrar un atajo directo hacía el puesto de limonadas. Saciaría mi sed con el primer vaso, después tomaría el segundo lentamente. Lo disfrutaría de principio a fin.

Pero primero teníamos que pasar una calle y dar un par de vueltas para llegar a mi cuadra, después avanzar hacia el final hasta mi casa, la última de la ruta, como te imaginarás. Pero regresaría al principio, por así decirlo, cerca del puesto de Tina.

Después de lo que parecieron horas derritiéndome en esta cubeta de sudor, apareció mi casa, tenía un acabado verde lima combinado con amarillo limón, el cual puedo asegurar la vuelve visible desde la luna.

Pero, como si las cosas no pudieran ponerse peor, en la casa justo antes de la parada que me correspondía, la mamá de un niño estaba esperando para hablar con el señor Gutiérrez, el chofer del camión. En cuanto el camión paró por completo y el señor G. abrió la puerta, me levanté para hacer como que me iba a bajar, pero el señor G. me detuvo inmediatamente con una de esas miradas que hacen que te tiemblen las piernas. —Un momento, Rangel —gruñó, mirándome por el espejo retrovisor—. Pronto llegará tu turno.

El señor G. no es un hombre a quien quieras hacer enojar. Es más o menos de la misma edad que mi abuelo, Pepe, y malhumorado como una hiena cuando tiene que serlo. No creo que esta circunstancia ameritara la hostilidad que había dirigido hacía mí, pero respecto a otras figuras de autoridad, él era el más duro. Había sido marino durante la guerra de Vietnam, así es que no le dejaba pasar nada a nadie.

Él dijo siéntate, y yo lo hice, y esperamos, y esperamos, y esperamos, hasta que la mamá del niño terminó de quejarse de las burlas con las que unos necios de la ruta de la mañana molestaban a su hijo. Que si el chofer no se aseguraba de que su hijo estuviera protegido de aquellos abusivos, ella contrataría al mejor abogado de la ciudad y lo demandaría a él, a la escuela e incluso a la compañía de camiones por todo su dinero. Aparentemente había alguien más duro que el señor G., porque todo lo que él hizo fue sentarse y aguantarse, con el sudor chorreando por su cara y asintiendo durante toda la queja. Después le dio el número de su supervisor, diciéndole que podía llamarlo cuando quisiera y le sugirió que tratará de aflojar un poco el mandil con el que ataba a su hijo. Extraño consejo, pensé, ya que la mujer no llevaba puesto ningún mandil. Debió de haber significado algo totalmente diferente de lo que me había figurado porque ella enfurruñada levantó un cruel y torcido dedo en el aire, pero antes de que pudiera comenzar con otro de sus ataques, el señor G. sonrió y jaló la palanca para cerrar la puerta.

Todo ese tiempo estuve secretamente echándole porras a mi chofer, a pesar de que un momento antes me había ordenado que plantara mi trasero en el asiento. Esta señora siempre estaba molestando a la gente en nuestro barrio por una tontería u otra. Me alegró ver que alguien por fin la pusiera en su lugar. Pero sabía que el señor G. aún no había oído todo de ella. Pobre, pero aquel episodio había logrado hacerme olvidar por un momento el horrendo calor. Tanta suerte no podía durar para siempre y aunque el niño apestoso se había ido, el hedor persistía y el calor se sentía diez veces más fuerte que antes por habernos quedado parados tanto tiempo.

Finalmente el camión emitió algunos chirridos para después abalanzarse hacía su última parada de la tarde, mi parada, así es que me levanté con la mochila colgada del hombro derecho. Esta vez el señor G. no me miró feo por el espejo retrovisor. En lugar de eso, me dijo —Servido, Rangel. Que tengas una excelente tarde. —Todo feliz, si te lo puedes imaginar. Nada que ver con el dictador que había sido unos momentos antes.

Yo contesté —Igualmente —y salté fuera del camión. La puerta se cerró con fuerza detrás de mí, soplando aire caliente en mi espalda y cuello. ¡No puede ser! Justo lo que necesitaba.

Fue precisamente en ese momento cuando lo escuché: el más espeluznante y horripilante grito en toda la historia de Nuevo Peñitas. Y no está por demás decirte que hemos tenido nuestra buena colección de esos. Por ejemplo, tuvimos la vez en la que Bucho convenció a Ready Freddy, de manejar su ultra nueva bicicleta BMX desde la parte trasera de la troca de su papi. Como su apodo lo sugiere, Freddy siempre estaba dispuesto a tomar cualquier reto que se le pusiera enfrente, así es que aquel día, cayó redondito en la trampa de Bucho. ¿Cómo dice la gente? un tonto nace todos los días. Solo diremos que Ready Freddy no era precisamente una lumbrera. De cualquier forma, Freddy cumplió, y los resultados no le hicieron mucha gracia: la bici salió ilesa, salvo un par de raspaduras y rajadas en el asiento de piel y las agarraderas. Pero Ready Freddy se rompió los dos brazos así es que te podrás imaginar el chillido que soltó, igual al de un cerdo justo antes de darse cuenta de que será el invitado de honor, por así decirlo, del luau. Después, todo se vuelve silencio para él.

En otra ocasión Bucho le arrebató las bolsas de dulces de Halloween a cinco pequeños, un fantasmita, dos Boba Fetts, una Hello Kitty y un niño con un disfraz medio indeterminado que gritaban y chillaban por sus dulces corriendo por la calle Cynthia. Los chillidos sonaban espeluznantes, especialmente en una noche como aquella.

Pero nada se comparaba con aquel grito que escuché cuando me bajé del camión de la escuela. Estaba desconcertado, por decir lo menos. Sentí cómo se me paraba el pelo en la nuca. Y siendo yo el último en bajar del camión, y viendo cómo el señor G. había cerrado convenientemente las puertas y estaba ya en camino, no había nadie más que lo pudiera haber oído. Bueno, tal vez Ricky estaba por ahí, pero estando tan enfermo como estaba, ¿qué ayuda podría brindarme? Y aunque alguien más hubiera oído ese alarido, no iban a poner un pie afuera con este calor infernal, eso era seguro.

¿Yo? Yo ya estaba ensopado, pero a pesar de que la situación me inquietaba, tenía más curiosidad que miedo. Llámalo intuición de I.P. (investigador privado).

El grito había salido desde la casa de nuestra escalofriante vecina. La señorita Andrade era tan vieja como la luna y tan arrugada como una ciruela pasa. Siempre olía a naftalina. El interior de su casa también apestaba de manera peculiar. El par de veces que había entrado no había podido dar con el origen exacto de aquel olor, era como una mezcla extraña entre ropa enmohecida y queso parmesano. La señorita Andrade nunca se había casado, y era bastante reservada con sus cosas. Además era un animal nocturno. Lo que apoyaba los rumores acerca de que ella era una malvada vieja bruja. ¡Ah!, y además, también tenía uno de los más asquerosos lunares peludos en la punta de la nariz. Uno no se inventa esas cosas. Incluso, algunos niños le decían la bruja Andrade, pero nunca en su cara. Sabían muy bien lo que hacían, igual que yo.

No pensé que esta señora le tuviera miedo a nada: ni a aquella víbora de cascabel que se deslizó hacía nuestra casa el verano pasado, a la que despachó usando solo sus manos y un viejo y raído palo; ni la vez del gran huracán cuando el viento soplaba fuerte y ella estaba parada en su jardín empapada de pies a cabeza gritando tan fuerte como el amenazante viento, mientras sostenía la manguera con que regaba su buganvilla; ni siquiera cuando Bucho se coló hasta su ventana a media noche y golpeó con todas sus fuerzas. Esa vez fue Bucho quien palideció y salió corriendo cuando una enorme lechuza blanca se abalanzó sobre su cabeza desde las sombras en el patio trasero. Según él, sus garras estaban listas para arrancarle la cabellera.

¿Rumores que comprueban las habladurías de la gente? Tú decide.

Así es que era obvio, no iba a tener mi muy merecido vaso de limonada súper híper fría. Mucho menos los dos vasos que había planeado. Al menos no por ahora. En lugar de eso, pasé por el porche de mi casa, aventé la mochila y me dirigí a la casa de la bruja, digo, de la señorita Andrade.

Cuando llegué a la puerta principal, noté que estaba ligeramente entreabierta. Una de las primeras cosas que aprendí mientras conseguía mi licencia por internet de I.P. es que "una puerta entreabierta significa que los problemas no deben andar lejos". Así es que inmediatamente me cambié al modo furtivo. Lo bueno es que me había puesto mis viejos tenis para ir a la escuela. Estaban bien domados y eran silenciosos, no como mis tenis nuevos que aún crujen. Otra lección aprendida: "Un buen I.P. sabe caminar una milla en los zapatos de un sospechoso, a menos que esté pisándole los talones o que sus zapatos sean muy ruidosos". De cualquier forma, retrocedí a la puerta del frente y me agaché. Nunca se es demasiado precavido. Un delincuente siempre estará vigilando, generalmente a la altura de los ojos, para ver si alguien viene detrás de él. De cuclillas, tendría la ventaja si me encontraba con el intruso.

Con la espalda hacía la puerta, no presté atención a ningún otro ruido excepto por el que pudiera venir de la casa de la señorita Andrade. No oí nada por unos momentos. Después, ahí estaba otra vez, y casi me fui de bruces en el porche, así de espeluznante fue el grito. Me controlé y pensé, *si alguien le hace daño a la señorita Andrade y no hago nada para detenerlo, no me lo perdonaría nunca, peor aún, no podría vivir con eso en mi conciencia.* Mi función como investigador privado en la escuela y en el barrio llegaría a su fin por no ser una persona formal, alguien en quien se pudiera confiar, alguien en quien pudiera contar un ciudadano cualquiera e incluso una viejita, y créanme que necesitaba eso tanto como necesitaba otro chichón en la cabeza.

Ya había desperdiciado suficiente tiempo afuera. Debía ser ahora o nunca. Así es que, sin pensar en mi propia seguridad, abrí de un portazo y entré a tropezones. Debo decir que no se vio muy bonito, pero sí fue una acción metodológicamente efectiva. Cuando entré a la sala, quedé tieso como un palo. No estaba para nada preparado para lo que vieron mis ojos.

DOS

L A SEÑORITA ANDRADE SE PASEABA DE LADO A LADO POR la sala. Su cabello era un desastre y se retorcía las manos en señal de preocupación, o miedo, o una combinación de ambos. Tuve que preguntarle cinco veces qué había pasado hasta que ella pudo contestar. Mientras aquello sucedía, yo estaba muy atento por si pasaba cualquier cosa fuera de lo ordinario. Lo descubrí al mismo tiempo que ella gimió —Mis peces, todos ellos, desaparecieron. —Efectivamente, arriba de la televisión había una pecera que nunca había visto, y por lo que podía percibir estaba vacía. Es decir, parecía no haber peces en ella, aunque estaba llena de agua.

Me mantuve como a tres pies de la pecera para asegurarme de no contaminar cualquier pista que el aparente secuestrador de peces hubiera dejado. Algo que noté de inmediato fue que el agua de la pecera aún hacía olas, lo cual me decía que lo que sea hubiera pasado con los peces, había sucedido solo momentos antes. Tenía que trabajar rápido, pero no tan rápido como para perder de vista el bosque por concentrarme en los árboles.

Detrás de mí, la señorita Andrade se había sentado en el sofá y por fin se había calmado, aunque
cubría su cara con la parte interior de su brazo y
sollozaba de vez en cuando.

Yo tenía ganas de decirle —"Pero si son sólo
peces, señora, cálmese". —Pero no me correspondía.
Además, no quería arriesgarme a que me embrujara
por ser grosero e indiferente. Y sobre todo, como
investigador privado, era mi deber encontrar sus
peces y nada más, así es que mejor mantuve mi boca
cerrada y me dediqué a estudiar la escena del crimen.

Primero, miré a la izquierda de la pecera, después a la derecha. No encontré nada fuera de lugar,
en cuanto a peceras se refiere. Sin embargo, sí noté
que la compuerta trasera por la que se alimenta a los
peces estaba completamente abierta. Pudo haber
sido la señorita Andrade quien la dejara abierta
cuando descubrió que habían desaparecido. Aunque
no vi comida para peces a su alrededor. Pero de
todas maneras, no había forma de saber a menos que
le preguntara directamente, lo cual haría una vez
terminado mi análisis físico de la escena. Pero lo más
probable era que haya sido resultado de las acciones
de la o el culpable, pensé. Tal vez ella o él estaban
poniendo el último pez en una bolsa de plástico
cuando escuchó a la señorita Andrade levantándose
de la siesta, o regresando de cuidar sus árboles y flo-
res, y en el apuro por desaparecer, dejó la compuerta abierta. De nuevo, no había manera de saberlo con
seguridad, y aunque para un novato pareciera que
estaba sacando conclusiones precipitadamente, no
era así. A eso se le llama, tener en cuenta posibles

escenarios. La idea es que si uno ya ha considerado una opción, cuando salga a la luz, no lo agarrará desprevenido. Durante mis estudios de detective había aprendido que "Siempre hay que considerar todas las opciones". De esa manera, uno no se mete en un callejón sin salida y no termina viéndose como un tonto que malinterpretó la evidencia.

Una vez que me aseguré de no estar perdiendo ninguna pista desde ese punto de vista, me acerqué lentamente hacía la pecera, revisé a la derecha, a la izquierda, arriba y abajo. Después más cerca y repetí la inspección en ambos lados. Después de cerca, otra vez. Nada. Aparte de la compuerta abierta, este o esta criminal era un genio en no dejar trazo que pudiera llevarme a encontrarlo. Avancé un paso más y escuché la planta de goma de mi zapato derecho salpicar en el piso de losa. Miré hacia abajo y vi que estaba parado en un pequeño charco de agua. Me quedé quieto, como uno de esos soldados en las películas que se dan cuenta demasiado tarde que se pararon en una mina activada y lo único que pueden hacer es quedarse quietos, sin moverse, o si no, ¡KABÚM! Okay, mi situación no era tan seria, pero aún así, ni siquiera respiré. En primer lugar, porque estaba avergonzado de no haber visto el charco a los pies de la pecera. El único lugar donde no revisé. En segundo lugar, no moví ni un solo músculo porque ya había metido la pata, y sin saber cuántas pistas había ya enredado, no quería contaminar o descaradamente borrar ninguna más. Así es que, desde el lugar en el que estaba parado examiné el suelo en todas las direcciones posibles. Hasta estiré el cuello

hacía atrás para ver si había pisado algo más. No podía pasar por alto algo tan grande, otra vez. Y efectivamente, mientras estaba girando mi cabeza hacía atrás me percaté de otro cachito de evidencia: algo que desde mi perspectiva parecían ser huellas en el piso que avanzaban de la sala hacía la cocina y que me imaginaba, porque no podía ver a través de la pared, continuaban hacia la puerta de atrás. La ruta de escape más obvia. Pero no eran huellas ordinarias. No podría llamarlas ni siquiera pisadas, porque a mi parecer, estas huellas le pertenecían a alguna especie felina.

—Señorita Andrade —dije—. De casualidad, ¿ha visto a Papuchín? —Papuchín era su gato, una mezcla de pelo largo con rayas amarillas y blancas, que con seguridad estaba sentado en algún lugar del soleado patio trasero, con la panza llena de pescaditos, lamiéndose los bigotes.

—No puede ser —dijo la señorita Andrade. Ella sabía exactamente lo que estaba pensando y debió haber considerado seriamente mi sugerencia. Su gato bien pudo haber realizado la hazaña. Pero no se podía convencer que esta fuera una posibilidad. En lugar de eso, se puso la arrugada mano en el pecho. Era demasiado drama para una anciana que no se metía con nadie—. No puede ser. Mi Papuchín nunca haría algo así. Él no dañaría ni el ala de una mosca, mucho menos . . . Pero si lo hizo, créeme, aquel gato ingrato lo pagará muy, muy caro.

Amenazas, pensé. *Sólo amenazas*. Esta mujer mima a ese gato como si fuera el rey de Suecia. Lo deja salirse con la suya en todo lo que se le ocurra.

Así que aquellas eran palabras en vano. En esta casa, un gato siempre saldrá vencedor frente a escuálidos pececitos.

Y en efecto, cuando seguimos el rastro de las huellitas al patio trasero, Papuchín estaba tirado sobre su costado gordo y peludo, limpiándose la boca y bigotes con su pata, y después lamiendo aquella pata recogiendo todo lo que hubiera quedado en ella.

—Papuchín —dijo la señorita Andrade—. Eres un gatito malo, malo. ¿Cómo te atreves?

El insolente gato volteó por un instante con lo que juro era una sonrisa, la más perversa, petulante sonrisa que he visto en un hombre o una bestia, después se dio vuelta para seguir lamiéndose su horrible hocico.

TRES

OTRO CRIMEN RESUELTO POR EL GRAN DETECTIVE *privado, Mickey Rangel,* pensé, *y sin la ayuda del supuesto ángel y sus notas.* Usualmente, cuando estoy trabajando o estoy cerca de resolver un misterio recibo una nota anónima de alguna forma u otra (hojas de cuaderno, una servilleta, un correo electrónico) en la cual este ángel me da pistas en forma de acertijos que se supone me ayudarán a llegar a las conclusiones finales. Pero estoy seguro que no las necesito porque tarde o temprano llego a los mismos resultados, sin su ayuda. Un buen ejemplo fue el de hoy, y estaba a punto de decírselo a la señorita Andrade cuando la vieja bruja gritó como la llorona otra vez. Esta vez yo estaba parado al lado de ella. O sea, literalmente, estábamos codo con codo. Así es que el agudo grito resonó directo en mi oído izquierdo, causando que brincara de lado, lejos del horrible ruido. Tuve que hacer un triple salto como de baile para evitar pisotear a Papuchín, que estaba tirado sin ninguna preocupación en el mundo. Por eso perdí el balance y me caí al suelo.

Pero el gato no se movió ni una pulgada todo ese tiempo. Ni con el grito, ni con mis brincos y ni siquiera con mi sufrimiento. Ahí estaba quejándome por el dolor que sentía en el codo, la parte del cuerpo con la cual había decidido en ese momento amortiguar mi caída, y ahí estaba Papuchín, con esa estúpida sonrisa dibujada en su cara, lamiéndose.

Me puse de rodillas para incorporarme poco a poco, el dolor en mi codo se volvía más intenso con cada segundo. Esperaba no haberme roto un hueso.

La señorita Andrade gimió, esta vez como viento huracanado. Ahora yo ya estaba parado en los dos pies, y giré para verla. *Ahora, ¿qué?* Me pregunté. Doblé y estiré el brazo para evaluar cualquier posible daño. Sabía que si lo podía mover como lo estaba haciendo no tenía ningún hueso roto, por lo menos eso estaba claro. Así es que ¿por qué gritaba la vieja? Después de todo, el caso del secuestro de los peces estaba resuelto.

Fue cuando me percaté que ella estaba mirando hacia el final de su patio, apuntando con su arrugado dedo hacía donde miraba. Así es que también volteé mi mirada en aquella dirección.

—Mis limones, Mickey, mis premiados limones. Han desaparecido. Todos han desaparecido. No entiendo, esta mañana estaban ahí cuando los regué, pero ahora . . . ¿Dónde estarán? ¿Me puedes ayudar?

Y efectivamente, no había ninguno en las ramas. Lo que no hubiera sido tan fuera de lo común, excepto porque la bruja Andra . . . señorita Andrade había desarrollado, hacía tiempo, una forma de mantener frutas en sus árboles todo el año, incluso fuera de temporada. Otra razón por la cual los niños del barrio creían que era bruja. *No es natural*, decían, *tener tan buena mano para las plantas.* O había encontrado la mezcla de fertilizantes perfecta o la había fabricado.

Y sí eran buenos limones. Ganadores de premios, como ella decía. Cada año, desde que tengo memoria, en las profundidades del sur de Texas celebramos el festival anual del limón y la exhibición de bicicletas Lowrider, donde los participantes muestran o su mejor brebaje a base de limón, o sus relucientes bicicletas. Y hasta donde recuerdo, siempre ha sido la señorita Andrade la que regresa a su casa con el listón del primer lugar. Por supuesto que en la categoría de los limones, no en la de las bicis. Y faltando dos semanas para el festival, la desaparición de sus limones la ponía en aprietos. Tendrías que comprar limones de la tienda como todos los otros participantes, en lugar de usar los propios.

Así es que esta intriga no sería fácil de resolver como con el secuestro de los peces y el festín felino, porque este no era un crimen fácil de cometer, y sí que había sido un crimen. Simple y sencillamente un robo. Premeditado. Una persona no huye inocentemente con varios sacos llenos de limones.

Eran muchos limones para sacar del árbol sin ser atrapado. ¿Quién podría haberlo hecho? Y ¿por qué? El pálpito de una hipótesis comenzaba a rondar mi cabeza, pero era demasiado increíble como para comprenderlo en su totalidad. Estos limones, en primer lugar, eran los ganadores de la señorita Andrade, así es que tenía sentido que hubiera más de un sospechoso con sobrados motivos: por ejemplo, estaba la señora Park de la calle de abajo cuyo patio colindaba con el de la señorita Andrade. Año tras año, hiciera lo que hiciera, siempre quedaba en segundo o tercer lugar; y también estaba el señor Crowe quien la había amenazado en más de una ocasión con que pronto le ganaría, a ella y a sus temidos limones, y así él obtendría el primer lugar y conseguiría el listón amarillo limón. Pero no me podía imaginar a ninguno de los dos huyendo con todos esos limones. Es decir, la señora Park necesitaba un andador para trasladarse, y de hecho lo hacía lentamente. El señor Crowe andaba en una silla de ruedas que rechinaba. Y ellos se odiaban, la señora Park y el señor Crowe, así es que no podía imaginarlos organizándose, tramando un plan como ese. Conspirando juntos en esta intriga del limonero. La forma en que lo pensaba era que si esta vez hubieran podido dejar de lado esa mutua animosidad, de todas maneras hubiera significado que uno de ellos obtendría el segundo lugar mientras el otro gozaría de los frutos del trabajo mutuo, por así decirlo. Pero quizá era suficiente con asegurar la derrota de la señorita Andrade. Pero, por favor, eran viejos, decrépitos, prácticamente se deshacían a pedazos. La señora Park en las últimas, literalmente. El señor Crowe en ruedas. Me reí al imaginar a aquellos dos maquinándolo todo.

Puse las manos en los bolsillos de mi pantalón para poder calmarme y pensar, y sentí las 3 monedas de 25 centavos, las dos de 10 centavos y los 6 centavos en mi bolsillo izquierdo. Sabía que eso significaba algo, pero aún no daba en el clavo. La idea rondaba mi cabeza pero aún estaba fuera de mi alcance.

Ni siquiera noté que la señorita Andrade hablaba una y otra vez de que iba a perder el festival este año y de cómo estaba segura de que este año ganaría de nuevo con su limonada de sandía y limón dulce. Y en ese momento recordé lo que debía recordar con respecto al dinero en mi bolsillo: los dos vasos de la súper híper limonada fría de Tina. Tenía la boca bien seca. Incluso más ahora que cuando estaba en el infernal camión. Tan pronto como terminara aquí iría directo al puesto de Tina para saciar mi sed.

Pero antes de hacer cualquier cosa necesitaba estudiar este nuevo escenario en la casa de la señorita Andrade. Esto es lo que tenía: un árbol sin sus frutos, pisadas, muchas de ellas en dos y quizá hasta tres tallas (solo algunas eran lo suficientemente claras como para distinguirse; aparte de esto, las demás estaban borrosas, no eran más que manchones deformes en la suciedad), en la esquina más alejada del patio, cerca de el portón (posiblemente la entrada y salida del ladrón, ya que la señorita Andrade recién me explicó que ella nunca la cerraba) el pasto retorcido y machacado en lo que bien podían ser las marcas de las llantas de una silla de ruedas y hoyitos que bien podrían ser las cuatro patas de un andador. Di el último vistazo alrededor y vi un pedazo de papel doblado metido debajo de una roca cerca de la puerta trasera. Me acerqué suavemente en aquella dirección, mi vista en el suelo. *Muy conveniente*, pensé. *Tan fuera de lugar que tuvo que haber sido puesto allí a propósito, con la intención de que yo lo encontrara.* Así es que pregunté —Señorita Andrade, ¿qué me puede decir de esto?

Ella respondió que no lo había puesto ahí, lo cual me hizo sospechar. Así es que me incliné hacía donde estaba y lo observé con cuidado antes de levantarlo. Si no había sido puesto aquí por la señorita Andrade, definitivamente alguien más lo había puesto. Pero quién y por qué.

La roca había sido puesta directamente en el centro del meticulosamente arrugado papel. Sin perturbar mucho la posible evidencia, levanté la roca ligeramente, sólo lo suficiente para poder deslizar el papel debajo de ella. No me importa admitir que estaba más que emocionado. Nervioso sería la mejor palabra para describir mis emociones en ese momento. Esta bien podría ser la nota del ángel en la que él o ella me revelaría pistas, que eventualmente yo hubiera podido descubrir solo sin esta "ayuda" no requerida. O también podría ser una pista dejada por el malhechor o la malhechora. Mejor dicho, y de acuerdo a mis averiguaciones, la malvada anciana que usaba andador y el malvado viejo en silla de ruedas. Sin embargo, dos acotaciones sobre eso: en primer lugar, había aprendido al principio de mi carrera como detective que no se puede cerrar una línea de investigación en un caso tempranamente limitándose solo a uno o dos sospechosos enturbiando así el resto de la investigación; en segundo, estaba claro que las huellas bajo el árbol no habían sido hechas por ruedas o patas de andador sino por pisadas, eso descartaba a la señora Park y el señor Crowe, por obvias razones. Ellos habían estado en el portón en algún momento, estaba casi seguro de eso, pero de nada más. Tenía que darle seguimiento a esta idea.

Por ahora, debía examinar la nota. —Ábrela —dijo impacientemente la señorita Andrade.

Lo hice, solo para descubrir que estaba en blanco. ¿Qué podría significar? Debí haber estado ahí parado pensando en las posibilidades más de lo que la señorita Andrade pudo aguantar porque cuando me di vuelta para decirle que el plan sería volver a poner la nota debajo de la roca por si acaso, ella se había metido a la casa. ¿Habría ido a traernos un poco de la limonada de sandía de la que había estado alardeando antes? Pero la puerta permanecía cerrada y no parecía como que tuviera intensiones de regresar, así es que doblé de nuevo el pedazo de papel y lo volví a poner debajo de la roca. Tenía que pensar en esa misteriosa pista. O no pista. Quizá no era más que una cortina de humo para distraerme. Metí las manos en los bolsillos de nuevo, y otra vez las monedas sonaron en el bolsillo izquierdo. Era momento de dirigirme al puesto de Tina.

Y de pronto descubrí algo más grande que antes relacionado con los limones desaparecidos y el puesto de limonada de Tina, ahora sabía exactamente a dónde debía ir.

Toqué la puerta trasera de la casa, metí la cabeza en la cocina y le dije a la señorita Andrade que no se preocupara. —Llegaré al fondo de esto, Señora. Mickey Rangel está en el caso.

CUATRO

DECIDÍ TOMAR EL CALLEJÓN HACÍA LA CALLE. ESTABA intrigado por las huellas que supuestamente la señora Park y el señor Crowe habían dejado. Efectivamente, las huellas iban del patio de la señorita Andrade a través del callejón directamente a la casa de la señora Park. Los dos pares de huellas. Lo que no podía deducir era ¿cómo estos dos, Park y Crowe, quienes se venderían uno al otro a un show de feria, habían dejado de lado sus diferencias para pasar algunos instantes juntos? Más curioso aún era ¿por qué habían estado en el patio de la señorita Andrade? Y ¿el día en el que los limones se habían extraviado? Bastante peculiar. Intrigado como estaba, tratar de dilucidar aquello no me estaba llevando a ningún lado en la intriga del limonero.

Salí del callejón y me dirigí hacía mi principal aunque más improbable sospechoso. Pero no podía evitar pensar: *¿Será que me había equivocado con Tina todos estos años? ¿Será que era maquinadora y andaba con artimañas como su malvado hermano, Bucho?*

Había solo una forma de averiguarlo, pero tenía que hacer muy bien mi jugada.

—Mira lo que trajo el viento —dijo Tina, sonriendo mientras revolvía la última de las limonadas. Pude oír los hielos tintinear y la boca, seca como estaba, se me hizo agua.

—¿Eh? —dije.

—Es un modismo, ¿sabes?, un dicho. ¿Lo has oído en la escuela? —dijo—. No deben estar enseñándoles nada a todos ustedes en el quinto grado.

—¿Eh?

—Ahí esta otro: ¿acaso te comieron la lengua los ratones? —Como no dije nada, ella agregó—. Olvídalo.

Tina hablaba rápido y pensaba aún con mayor velocidad. Siempre me sentía dejado atrás cuando hablaba con ella. Mordiendo el polvo. Un modismo. Sabía lo que eran, pero esta chica, por alguna razón, hacía que me pusiera nervioso. Es por eso que si podía evitaba cualquier contacto con ella. Pero ahora debía decir algo pues estaba trabajando en el caso. Sin embargo, lo único que pude lograr decir fue: —Parece que ya solo te quedan los puros restos —apuntando hacía la jarra vacía frente a ella. Observé un plato con limones a un lado de la mesa. No lo había visto antes, cuando pasé en el camión. Interesante, si estos eran realmente limones del árbol de la señorita Andrade. El mejor lugar para ocultar el botín es a la vista de todos, supongo.

Entonces Tina dijo algo que me hizo agudizar mis oídos —Sí, casi me deshago de toda la evidencia, pero llegaste tú, nuestro propio detective privado.

¿Era que ella había admitido sin querer su culpabilidad frente a mí? ¿Una suerte de lapsus freudiano? Porque tú sabes qué se dice de los culpables:

siempre se descubren, siempre. Así es que reflexioné antes de hacer mi primera pregunta, aquella tan importante que marcaría la pauta del resto de mi interrogatorio. —Entonces, Tina, estos limones . . . —tomé uno del plato, dándole vueltas entre los dedos. Estaba tibio, no frío como hubiera esperado. Pero habían estado afuera en el calor por todo el tiempo que ella había estado aquí.

—¿Qué con ellos? —preguntó, tomando otro entre sus dedos, dándole vueltas también, pero mirándome, una ceja más levantada que la otra, con una casi imperceptible sonrisa en los labios.

—Bueno, la cosa, Tina, es que no creo que sean tus limones.

—¿Entonces de quién serían si no míos? Es decir, están en un plato que traje hasta aquí desde mi casa, el plato está sobre una mesa que yo armé con un martillo para un negocio que yo instalé. Entonces, si no son míos, ¿de quién son?

—Eso es lo que estoy tratando de averiguar —respondí.

—Estás tan serio, Mickey. Es casi como si creyeras que he hecho algo malo que involucra estos limones.

—¿Lo hiciste? ¿Hiciste algo malo?

—No lo creo —dijo—. Pero quizá esto te ayude en algo. —Me estaba dando un pedazo de papel. Justo en ese momento miré hacia el limón que tenía en mi mano y vi una etiqueta azul que decía: "Limones Meyer" y debajo de ella "#4304". Tomé otro limón del plato, y otro y otro, volteándolos hasta que encontré la misma etiqueta en cada uno de ellos. No tenía que ser un detective para darme cuenta que

IMONADA SÚP
★ HÍPER FRÍA

estos no eran los limones de la señorita Andrade, sino que era casi seguro que se habían comprado en un supermercado. Enseguida llegó la confirmación, el recibo de Walmart. Entre los artículos que se compraron estaban varias docenas de limones, dos bolsas de tres libras de hielo, una hielera desechable, vasos y azúcar.

—¿Estoy libre de culpa de lo que se me acusa con respecto estos limones, Detective?

—¿Eh?

—¿Otra vez con lo mismo?

—¿Eh? Ah, sí, los "ehs", ¿eh? Disculpa, es que pensé que había descubierto algo. Pero creo que me equivoqué —dije regresando los limones que había tomado—. Disculpa la confusión.

—No te preocupes, Mickey. Siempre me pasa lo mismo con eso de que soy la hermana de Bucho.

—Sí, me imagino. Pero debí saberlo. Lo siento.

—Bueno, si en verdad lo sientes tanto puedes comprar lo que me queda de limonada. Te quitará la sed, te lo garantizo. Verás, es una receta de familia. —Me sirvió un vaso de limonada—. Lo que hago es hervir un poco de azúcar en agua hasta que se espese como almíbar, luego la dejo enfriar. La gente usualmente vierte el azúcar directamente en la limonada, pero eso generalmente te da un sabor dulce. Con mi receta haces una combinación rica de dulce y ácido. Agrego el almíbar en el jugo de limón y luego el agua fría y la mezclo bien. Coloco la jarra en un plato con hielo para que no se diluya el sabor y esto también ayuda a mantenerla fría. Después la sirvo en un vaso con hielo. En realidad es simple. Pero sabroso, ¿verdad?

Y sí lo era. En cuanto me acabé el primer vaso, me tomé otro y se me quitó la sed. Nunca había tomado una limonada tan rica, y en ese momento pensé que quizá ni la limonada de sandía de la señorita Andrade se le podría comparar. Le pagué a Tina lo que le debía, aunque en ese momento pensé que lo que le debía era más de un dólar. Ya le había pedido disculpas, pero no podía sacarme de la cabeza su mirada triste cuando me dijo que siempre se le comparaba con su hermano mayor, y yo había contribuido a ese ciclo. —Tienes razón, Tina —dije—. Primero, esta es la mejor limonada que he probado, y ya no tengo nada de sed. Segundo, tú no te pareces en nada a tu hermano, y yo debí haberlo sabido antes de sacar cualquier conclusión.

—¿Me vas a decir qué es lo que pasa, Mickey? Creo que por lo menos me merezco eso, ¿no crees?

Así es que le conté todo y al recontarlo nos dio mucha risa. Le ayudé a desarmar el puesto, lo empacamos junto con el resto de las cosas en una carretilla que había escondido detrás de unos arbustos, que después empujé hasta su casa.

—Bueno, sé que tú lo resolverás, Mickey —dijo cuando llegamos a la esquina de su jardín—. Siempre lo haces.

—Sí, y tú serás la primera en saber quién lo hizo.

Se rió y tomó la carretilla. —Yo me la llevó desde aquí —dijo—. Gracias por todo, Mickey.

Sentí que me ruborizaba, así es que mientras me daba la vuelta para irme le dije que no era nada, pero me acordé de algo importante, así es que me detuve, me di la vuelta y le dije —Tina, deberías quizá competir en el Festival de la Limonada este año. Estoy seguro que puedes ganar el primer premio. —Y lo decía en serio. Su brebaje era así de bueno. Ella sonrió y se despidió. Y pensé que si no llegaba a resolver otro misterio en mi vida, incluyendo el que estaba tratando de resolver ahora, igual sería un niño feliz. Otra cosa que noté fue que no me había trabado en las últimas oraciones al hablar con Tina. Me preguntaba qué había cambiado.

CINCO

DURANTE TODO EL CAMINO A CASA ALGO SEGUÍA rondándome la mente: aunque era obvio que por sus incapacidades, la señora Park y el señor Crowe no eran culpables, entonces qué es lo que hacían adentro del jardín de la señorita Andrade. ¿Qué era tan importante como para hacerlos dejar de lado sus diferencias? Fuera lo que fuera debía ser bien grande. A menos de que nos hayan estado tomando el pelo todo este tiempo. No, no lo creo.

Así es que, si ellos no eran los ladrones, ¿podían por lo menos haber visto lo que pasó? Valía la pena averiguarlo, pero tendría que esperar un poco quizá después de que llegara a casa viera cómo está Ricky, comiera algo e hiciera un poco de tarea para no tener que desvelarme mucho.

Mi mochila estaba en el mismo lugar donde la había tirado. Me la eché al hombro y entré al aire fresco de nuestra casa. Se notaba gratamente la diferencia en la temperatura. Mi sudor se secó de inmediato. Me asomé a ver a Ricky que estaba acostado en la litera de abajo, roncando como un tren. Después me fui a la cocina y me serví un snack, me senté en la mesa y abrí el zíper de la mochila.

Al sacar los libros, lo primero que cayó fue un papel amarillo. No la reconocí, pero no me sorprendió: la nota del ángel, esta vez estaba seguro. La desdoblé y leí la supuesta pista:

Una X no indica el lugar esta vez, pero sí lo hace una roca, y tú sabes lo que dicen de las piedras cuando las encuentras: no la dejes sin voltear, incluso UNA que ya ha sido volteada.

¿Por qué? Porque es posible que encuentres una pista invisible a simple vista. Busca la PALABRA donde no hay UNA. ENCIENDE un cerillo debajo de ella para que de esta manera la PALABRA se te revele.

Sí, dije ENCIENDE un cerillo debajo de ella, pero ten cuidado de no acercarlo demasiado a la pista. Si lo haces, volverás al principio y sin pistas. Quizá peor que antes.

En materia de pistas, esta era la más boba de todas las que el Ángel había dejado. Entendí el juego de palabras y letras: X, ¿por qué?; y Sí era igual a X, Y y Z. Qué cursi. El resto tampoco representaba un desafío. Al parecer yo estaba adelantando al ángel. Tuve que regresar a la roca donde estaba el papel para que no se volara en este viento inexistente. El papel estaba en blanco, así es que seguro la pista tendría que estar en la panza de la roca. La otra parte, tenía que admitirlo, me estaba dando algunos problemillas. Si la PALABRA, es decir, la pista estaba en la roca, no podría estar escrita ahí porque se supone era visible a simple vista, así es que tendría que encontrar la forma de verla. Entonces se me ocurrió, *Bueno, si no se ve, también puede estar en el papel.* Por lo tanto, también tendría que revisar el papel con más cuidado. La última parte era un insulto. Como si ya no hubiera estado trabajando sin parar para descubrir ¡quién se había largado con los limones de la señorita Andrade! ¡No era suficiente estar bajo este implacable sol persiguiendo una u otra inútil pista! Y el ángel ahora me decía que le prendiera fuego debajo, que trabajara más. Si él o ella sabía tanto, ¿por qué no estaba aquí haciendo el trabajo de campo? "La paciencia es una virtud, así es que guárdate los insultos" dije, pero nadie me contestó. Tampoco esperaba una respuesta.

Pero para poder resolver el crimen pensé que no había mejor momento que el presente. Me acabé el sándwich de queso, tomé mis lentes infrarrojos y mi lupa y me dispuse a salir. Hay que trabajar sobre caliente, ¿no?

No tenía ningunas ganas de volver a verla este día; sin embargo me dirigí a la casa de la señorita Andrade, toqué la puerta y le pedí que me dejara entrar al patio para sacar la nota. Ella me dijo —Por supuesto, pero siento no poder acompañarte, Mickey, pero este gato malcriado y yo estamos viendo su telenovela favorita. Si se pierde un solo episodio, se pone insoportable. —Después de eso me dejó entrar, me dijo que yo ya sabía dónde estaba la puerta trasera y ella y Papuchín regresaron a la sala.

Entré al patio y me fui derechito a la roca. La volteé en la palma de mi mano y la estudié con cuidado, pero fue en vano. No encontré ni una pista ni con los lentes ni con la lupa. Entonces levanté el papel, y ¡quién lo iba a decir!, había una caja de cerillos escondida bajo la nota. Qué raro, porque no estaba

ahí antes. Así es que el ángel tuvo que haber estado ahí después de que me fui, y sin que se diera cuenta la señorita Andrade. Interesante. Bueno, la señorita Andrade estaba envejeciendo y ya no estaba tan alerta como antes.

Abrí la caja y solo encontré un cerillo y dentro de la caja había algo escrito en letra bien chiquita. ¿Sería ésta la pista que tenía que encontrar? Saqué la lupa y leí: *No hay tiempo que perder, así es que dejaré de lado las adivinanzas. El mensaje en el papel está escrito con tinta invisible hecha con jugo de limón. Qué ingenioso, ¿eh? Para leer lo que dice, mueve el cerillo encendido debajo del papel. El calor del cerillo hará que el texto se ponga café. Pero no acerques demasiado el cerillo al papel o quemarás la nota y las yemas de tus dedos, si no es que también quemas la casa de la bruja.* Parecía como si el ángel estuviera padeciendo de diarrea verbal. Eran muchas palabras para una cajita tan pequeña, pero tomé el cerillo, lo encendí, lo moví por debajo del papel tal como se me indicó y, sí, apareció un mensaje: *Esta noche a las 7, a una pedrada suave del punto X, el Pájaro Negro se reunirá en el Lugar de Reunión para bailar la danza de los ladrones felices. Si lo ves, no lo creerás, pero acéptalo: ¿pájaros de un mismo plumaje CAMINAndo juntos?*

Um. Mucho en qué pensar. Pero había descubierto algo, algo grande. ¡Más grande que GRANDE! Me fui a casa a pensarlo más.

SEIS

ESA NOCHE, MUCHO ANTES DE LAS SIETE, SALÍ DE CASA y me metí sigilosamente al patio de la señorita Andrade, con mucho cuidado para que no me descubrieran. Llevaba puesto mi traje negro para moverme sin que me vieran. Me había memorizado el mensaje pero llevaba la piedra conmigo. Me paré donde la piedra o X había marcado el lugar, esa parte fue fácil. Tenía que trabajar un poco más para descifrar lo otro. ¿Qué significaba "a una pedrada suave" exactamente? ¿Tendría que lanzar la piedra que tenía en mis manos? Y si era así, ¿en qué dirección? ¿Y qué tan suave era suave? Por medio del proceso de eliminación decidí que lo más lejos que podría tirar la piedra era por encima de la casa de la señorita Andrade, probablemente por encima de la casa de la vecina de enfrente y hasta la otra calle, más o menos. Y no solo sobre la casa de la señorita Andrade porque aunque no era tan lejos, requería más de un esfuerzo suave. La única opción que me quedaba era lanzarla por debajo del hombro, así es que lo intenté. No fue un lanzamiento completo, pero tampoco fue uno flojo. Aterrizó a la mitad del patio de la señorita Andrade bien cerca al limonero, pero no tenía sentido con respecto a la dirección. Aunque a los detectives de las películas les encanta decir que un criminal siempre regresa a la escena del crimen, en la vida real eso no pasa con frecuencia. Los ladrones se habían fugado con todos los limones, no era necesario regresar.

Aunque estaba oscuro, pude encontrar la piedra, caminar a X y pensar en otras posibilidades: por el callejón cerca del basurero, por el callejón hacia la derecha cerca de nada en específico o por encima de la cerca de la señora Park, pero eso señalaría a la señora Park como la culpable otra vez y su estado físico —y el del señor Crowe, por cierto— me aseguraba que ella no estaba involucrada, excepto como testigo. Decidí dejar X y esconderme detrás del basurero a esperar a ver cómo se desenvolverían los eventos de esa tarde. Solo faltaban unos minutos para que dieran las siete.

Aún no había descifrado la pista completa, y por suerte habían recogido la basura temprano ese día así es que no apestaba como de costumbre. Con respecto al resto de la adivinanza, era obvio que debido al uso de mayúsculas en Pájaro Negro y Lugar de Reunión ambas eran clave en la resolución del enigma y me ponían más cerca de resolver el crimen. Una locura atravesó mi mente en ese momento: un cuervo es un pájaro negro, y si tomaba mis definiciones en un sentido bien amplio, un parque podría ser algo así como un lugar de encuentro. Otra vez, el dedo acusador regresaba a la señora Park (Parque) y al señor Crowe (Cuervo), pero era una tontería afirmar que estos viejitos discapacitados podían caminar libremente y mucho menos bailar. Una locura, ¿verdad? Esto me hizo pensar otra vez que el ángel estaba perdiendo su agudeza.

Pero entonces la luz del porche trasero de la señora Park se prendió. Me asomé por el lado del basurero cuando escuché un chillido rítmico que salía del otro lado del callejón. No distinguía bien qué era exactamente, pero pude ver como una sombra se acercaba a la casa de la señora Park. Y cuando la sombra alcanzó el ras de luz que salía del porche, confirmé que se trataba del señor Crowe. Miré las manecillas brillantes de mi reloj: siete en punto. De pronto el portón se abrió completamente, y para mi sorpresa la señora Park no estaba usando su andador. Y lo que fue más sorprendente, después de intercambiar saludos en silencio, el señor Crowe, ese pájaro negro astuto, se paró y CAMINÓ hacia el patio, cerrando la puerta tras de sí.

Lo único que me faltaba era verlos bailar, así es que después que recuperé lo que me quedaba de juicio, fui de puntillas a la cerca y me asomé por entre las tablas. Y como era de esperar, estaban bailando. Bueno, no bailaban exactamente, daban saltitos alegres, como dos niños pequeños que le habían hecho un truco a la maestra sin que se diera cuenta. Hasta se estaban riendo.

La señora Park señaló una gran caja que estaba frente a ellos, el señor Crowe abrió las tapas y ambos empezaron a sacar los limones a puñados y los dejaban caer al suelo como si fuera confeti.

De repente se escuchó un ruido detrás de mí, como una rama que se quiebra bajo la pisada de

alguien. Ahí fue cuando la señora Park y el señor Crowe alzaron la vista de su festejo, y me paralicé en el lugar donde estaba. Con una rapidez que no me esperaba, el señor Crowe llegó a la cerca y abrió la puerta con fuerza, y antes de que pudiera dar la vuelta y salir corriendo me agarró fuertemente por el hombro, como si tuviera una mano de hierro y me jaló hacia el patio de la señora Park. Después escuché algo como un aleteo por encima de nosotros, y cuando menos lo esperaba, estábamos de cara en el suelo y la señora Park estaba aullando como la llorona. Me desmayé debido a todo el alboroto.

SIETE

DESPERTÉ EN LA SALA DE NUESTRA CASA. ME TOMÓ unos segundos salir del aturdimiento, pero veía claramente. Mamá me estaba pasando una toallita mojada por la frente. Se sentía rico porque la tela estaba fría, y en un día como hoy, era una de las pocas cosas que tenía sentido.

La señorita Andrade estaba sentada en la mecedora con Papuchín en su regazo. Noté que había una pequeña pecera sobre la mesa de centro. Dentro había un pez beta morado con una cola roja, y que me parta un rayo si ese gato no se estaba lamiendo los bigotes viéndolo como si fuera su merienda nocturna.

—Eres un buen chico, Mickey. Sabía que tú encontrarías mis limones. No pensé que lo harías tan rápido, pero lo hiciste.

—¿Sí lo hice? —me senté despacito—. Digo, sí, señora, lo hice. —Quería preguntarle los detalles sobre lo que pasó después que me desmayé, pero no sabía cómo hacerlo sin sonar como un inepto.

—Ya me di cuenta que viste el pez. Te lo traje de regalo. Además, no le fiaría ni un pelo a éste como para tener otro pez en mi casa. —Se rió.

Lo intenté, pero no me salió la risa en ese momento.

—Ya le describí a tus papás y a tu hermano lo que sucedió esta noche. Pero estoy segura que tú también querrás saber lo que pasó, ¿cierto?

¿Me estaba leyendo el pensamiento? Imposible. No era bruja.

Sonrió. —Bueno, ahí te va: Estaba mirando un reality show cuando escuché un golpe en el patio. Tengo buenos ojos para la oscuridad, así es que te estuve viendo todo el tiempo por la ventana que da al patio. Cuando saliste por la cerca de atrás te seguí y vi cómo te sorprendiste cuando el señor Crowe se levantó de la silla de ruedas y caminó del brazo de la señora Park, quien caminaba sin su andador. Esos dos nos han engañado a todos, incluyéndome a mí. Supongo que no fui lo suficientemente cuidadosa como pensaba porque pisé una rama y allí fue cuando el señor Crowe te tomó del hombro.

—Señorita Andrade, me pareció oír a un pájaro que volaba por encima justo antes de desmayarme. Parecía ser grande —dije.

—No sé nada de eso. Pero la señora Park gritó muy fuerte. ¿Puede ser eso lo que escuchaste? —preguntó.

—No lo creo porque también la escuché gritar, pero eso fue después del revoloteo, así es que . . .

—Como te dije, hijo, no había ningún pájaro. Yo simplemente salí al patio y los enfrenté a los dos. Llamé a la policía desde mi celular —y lo sacó del bolsillo de su mandil. Parecía como que si lo hubiera decorado con brillantes—. No quería involucrarte en nada de esto, especialmente porque la policía ya estaba en camino, por eso te traje para acá. Y regresé. Park y Crowe tienen que haber estado muy aver-

gonzados por haber sido atrapados con las manos en la masa, que ni se movieron del lugar donde los dejé. En todo caso, llegó la policía y arrestaron a Park y a Crowe, y yo recuperé casi todos mis limones. Gracias a ti, Mickey. —Se levantó y caminó hacia la cocina. Escuché que se abrió el refri y oí un tintineo, que identifiqué como hielo chocando contra el vidrio de un vaso.

Mientras la señorita Andrade estaba en la cocina, le aseguré a Mamá que estaba bien, pero tenía tanta sed. No había bebido nada desde que tomé la limonada de Tina. Lo que me hizo recordar: mañana temprano iría a su casa para contarle todo lo que había sucedido.

La señorita Andrade entró justo en ese momento con una bandeja cargada con vasos de su limonada y nos dio uno a cada uno. El mío parecía estar más lleno que los demás. Me lo bebí de un solo trago.

Y, ¿sabes qué? Había juzgado mal la limonada de Tina. La de ella era buena, pero no se comparaba a la de la señorita Andrade. Bruja o no, preparaba un excelente brebaje. Y no tuve ninguna duda de que ella se llevaría el primer lugar este año.

Gracias a mí, Mickey Rangel, Detective Privado.

THE LEMON TREE CAPER

A MICKEY RANGEL MYSTERY

BY RENÉ SALDAÑA, JR.

Spanish translation by Natalia Rosales-Yeomans

PIÑATA BOOKS

PIÑATA BOOKS
ARTE PÚBLICO PRESS
HOUSTON, TEXAS

The Lemon Tree Caper: A Mickey Rangel Mystery is made possible through a grant from the City of Houston through the Houston Arts Alliance.

Piñata Books are full of surprises!

Piñata Books
An imprint of
Arte Público Press
University of Houston
452 Cullen Performance Hall
Houston, Texas 77204-2004

Cover design by Mora Des!gn Group
Cover illustration by Giovanni Mora & Alexio Mora
Inside illustrations by Giovanni Mora & Alexio Mora

♾ The paper used in this publication meets the requirements of the American National Standard for Information Sciences—Permanence of Paper for Printed Library Materials, ANSI Z39.48-1984.

Printed in the United States of America
September 2011–October 2011
Versa Press, Inc., East Peoria, IL
12 11 10 9 8 7 6 5 4 3 2 1

For Tina
and my boys,
Lukas, Mikah and Jakob

TODAY HAD BEEN ANOTHER SCORCHER IN DEEP SOUTH
Texas, and according to the weatherman last
night there was no chance of it cooling off anytime
soon. Already we'd spent a record seventeen
straight days of sweltering 100-plus degree weather.
"With not a cloud in the sky for miles on end, this
heatwave is here to stay," he said. "So keep it cool,
and drink a *lot* of water. And I mean a LOT of water."
From his mouth to deaf ears: Wouldn't you know it,
just my luck to end up on the one after-school bus
whose air-conditioning was shot. When the bus
driver shoved the lever to ON as we were leaving the
school lot, the compressor moaned and groaned,
spewed some funky-smelling fumes through the
vents, grumbled, then gave up the ghost. KAPOOT.

So there I was, sweating bullets, sitting next to a
kid who smelled of rotten milk. The open windows
did nothing to cool us off, less to de-funkify the
immediate surroundings. It wasn't the best situation. But what could I do? Every seat on the bus was
taken. I was stuck.

At least the bus was moving, at a snail's pace sure
but moving nonetheless, so there would be an end to

this overbearing heat. I remedied the other more pungent circumstance by breathing in through my mouth and out through my nose to keep from getting the full effect of a real whiff of Curdles next to me.

At that moment, I envied Ricky, my twin brother more than I ever have. You see, he'd stayed home with the flu this morning. He looked awful when I checked in on him before I left for school. He was hacking up some nasty yellow business out of his throat, and he was pale as a sheet. But his present suffering was nothing compared to mine right now, a roast turkey stuck in this malodorous oven on wheels.

At least the school day was over and we were headed home, where it had to be cooler than on this bus.

We turned into my neighborhood finally, and almost immediately I spotted the sign of my salvation: *ICE COLD Lemonade for sale, FIFTY Cents a cup: Did I mention it's SUPER DUPER COLD?!* Tina, Bucho's baby sister who was being home-schooled, was sitting under the shade of an umbrella reading a book. A pitcher of the cold stuff sitting on the table to her immediate right. Tina was nothing like her big brother, my arch-nemesis from the time we were rug rats, practically. Bucho was dumb like a pallet of bricks, she was a smart cookie. He broke every rule in the book, she was straight-laced. He was a lying, conniving, bottom-of-the-barrel jerk, and she wasn't. I'll leave it at that.

Anyway, I checked my pocket to see if I had the coins to buy me a cup, which I did. Enough for two cups, as a matter of fact. The plan was simple: As soon as I reached my house, I would drop my back-

pack on the porch and make a beeline for her stand. Quench my thirst with the first cup, then take the second slow and easy. Enjoy it through and through.

First, though, we had to chug-a-lug-lug up one street, turn a couple times, then we'd be on my street, and head way, way down to my house, the last one on the route, wouldn't you know it. But I'd be back to the beginning, so to speak, that much closer to Tina's stand.

After what seemed like hours of melting in this sweat bucket, my house came into sight, a lime green job with lemon yellow trim, visible from the moon, I'm sure.

But as if things just couldn't get any worse, at the house right before my stop, a kid's mom was waiting to talk to the bus driver, Mr. Gutiérrez. As soon as the bus came to a complete stop and Mr. G. pushed open the doors, I stood to make like I was getting off, but Mr. G. stopped me cold with the kind of glare that could bunch up your socks around your ankles. "Park it, Rangel," he growled, looking at me in his rearview mirror. "It'll be your turn soon enough."

Mr. G. wasn't a man you wanted to cross. He was around the same age as my grandfather, Pepe, and meaner than a skunk when he needed to be. I didn't think this instance called for the sort of nastiness he'd just aimed at me, but as far as authority figures went, he was as tough as they came. Tougher. He was a marine during Vietnam, so he wouldn't take anything from anybody. He said sit, so I did, and we waited, and waited, and waited, until the kid's mom was done complaining about her boy getting razzed

by some good-for-nothings on the morning route. That if the bus driver didn't make sure her boy was protected from those bullies, that she'd hire the best lawyer in town and sue him, the school, and even the bus company for everything they were worth. Apparently there was somebody meaner than Mr. G., because all he did was sit there and take it, sweat streaming down his face, nodding during her diatribe. After, he gave her the number to his supervisor, said she could feel free to call anytime and suggested that perhaps she try loosening the apron strings on her boy. Odd advice, I thought, since she wasn't wearing an apron. It must've meant something else altogether different from what I figured because she huffed, raised a cruel and crooked finger in the air, but before she could get started on another rip of a tirade, Mr. G. smiled and pulled the door shut.

The entire time I secretly cheered for my driver, in spite of him earlier ordering me to plant my backside on the seat. This lady was always harping at one person or another in our neighborhood for one dumb thing or another. It was nice to see she'd been put in her place. But I was sure Mr. G hadn't heard the last of her yet. Poor him, but the whole episode had made me forget about the heat for a few moments. But just my luck today, that didn't last beyond an instant. Though the smelly boy was gone, the stench lingered, and it was now hot to the tenth power from our having stood still for so long.

Finally the bus sputtered then lurched toward its last stop of the afternoon, my stop, so I stood, my

backpack slung over my right shoulder. This time Mr. G. didn't stare me down in the rearview mirror. Instead, he said, "Here you are, Rangel. Have a good afternoon." All happy, if you can imagine. No hint of the dictator he'd been only a few moments before.

I said, "Likewise," and jumped from the bus. The door swooshed behind me, blowing hot air on my back and neck. Great! Just great!

It was then I heard it: the blood-curdlingest, spine-chillingest shriek in the history of Nuevo Peñitas. And we've had our share I don't mind telling you. For example, there was the time that Bucho talked Ready Freddy into riding his brand-spanking-new BMX bike off his daddy's truck bed. Like his name suggests, Freddy was always ready for any and every dare thrown his way, so that day, he fell for Bucho's challenge, hook, line and sinker. What is it people say? "There's a sucker born every day." Let's just say Ready Freddy wasn't the brightest bulb in the socket. Anyway, Ready Freddy complied and was none too happy at the results: The bike turned out okay minus the couple scratches and the scuff marks on the leather seat and handlebar grips. But Ready Freddy himself broke both his arms, so you can imagine the squeal he let out, like a stuck pig just split seconds before he realizes he's the guest of honor, so to speak, at a luau. Then it's curtains for him.

Another time Bucho took five little kids' candy bags they'd collected on Halloween night, and so you had one ghost, two Boba Fetts, one Hello Kitty and one kid of indeterminable costuming wailing down

Cynthia Street yammering for their lost goodies. Now *they* sounded eerie, especially on such a night as that.

But neither compared to the scream I heard right as I stepped foot off the school bus. I was unnerved, to say the least. I felt the hair on the hair on the back of my neck stand on end. And being how I was the last to be dropped off, and seeing how Mr. G. had conveniently swung tight the bus doors and was already on his merry way, no one else was around to hear it. Well, maybe Ricky was, but sick as he was, what good would he be to me? And if anyone else had noticed the shriek, they weren't stepping foot out into this infernal heat, that's for sure.

Me? I was already in the soup, but in spite of feeling unsettled like I was, I was more curious than scared. Call it a P.I.'s intuition.

The scream had come from the direction of our creepy neighbor lady's house. Señorita Andrade was as old as the moon and wrinkled like a prune. She always smelled like moth balls. The inside of her house also reeked of something peculiar. The couple times I'd actually set foot in her house, I'd never been able to put my finger on what that strange smell was, like a mix between moldy clothes and parmesan cheese. Señorita Andrade had never married, and kept mostly to herself. She was also a night owl. Which made sense if rumors were true about her being a mean old witch. Oh, and she also sported the nastiest, hairiest mole on the tip of her nose. You can't make this stuff up. Some of the kids even called her Bruja Andrade. But never to her face. They knew better. So did I.

Anyway, I didn't know this lady to be afraid of anything: not that rattlesnake that slithered its way into our house last summer that she dispensed with nothing more than her bare hands and a rickety old stick; not that time of the big hurricane when the wind was howling and she was out in her front yard, wetter than wet from head to toe, howling just as loud as the menacing winds, all the while hose in hand watering her bougainvillea; not that time Bucho snuck up to her window in the dead of night and banged as loudly as he could. That time it was Bucho who turned several shades of pale and turned tail when from the shadows in the backyard a huge white owl swooped down onto his head. The way he tells it, its claws were bared ready to scalp him.

Rumors of the lady's witchiness? You decide.

So it was obvious, I wasn't going to get my much-deserved, super duper cold cup of lemonade. Much less the two cups I'd planned on. Not yet anyhow. Instead, I quick-stepped it to our front porch, dropped off my backpack, then hustled over to Bruja's, I mean, Señorita Andrade's house.

When I reached her front door, I noticed it was slightly ajar. Among the first things I learned while working on my online P.I. licensing course was that "a door ajar means trouble can't be far." So I immediately went into stealth-mode. Good thing I'd worn my old sneakers to school. They were broken in and quiet, not like my squeaky new ones. Another lesson learned: "A good P.I. knows how to walk a mile in a suspect's shoes, unless you're hot on his trail and his shoes are noisy." Anyhow, I backed up to the front

door and squatted. A guy can never be too careful. A perp on the look out will be watching for whoever's coming after him usually at eye level. On my haunches, I had the upper-hand if I were to walk in on an intruder.

My back to the door, I tuned every noise out except for what might be coming from inside Señorita Andrade's. I didn't hear anything for a few moments. Then, there it was again, and I nearly fell over onto my face right there on her porch, that's how spooky the shriek was. But I got hold of myself and thought, *If someone's hurting Señorita Andrade and I don't do anything to stop it, I'll never forgive myself, and worse, I'll never live it down.* My business as a private eye at school and in the barrio would come to a grinding halt because I wasn't a stand-up guy, not one to be trusted, a Joe even an old lady couldn't count on, and I needed that like I needed an extra bump on my head.

I'd wasted enough time out here. It was now or never. So, with no regard for my own safety, I slammed the door open and quick-waddled in. Not a pretty picture, I must say, but effective methodology. When I made my way to the living room, I couldn't help but stand straight up and stiff as a board. I had not been ready for what I was feasting my eyeballs on.

TWO

SEÑORITA ANDRADE WAS PACING THE LENGTH OF THE living room. Her hair was a snaky mess, and she was wringing her hands in worry or fear or a mix of both. It took me five times asking her what had happened before she was able to answer me. All the while I was keeping an eye out for anything else out of the ordinary. Then I spotted it at the same moment she moaned, "My fish! All of them, gone." And sure enough, over next to the television was a fish tank I'd never noticed, and it was empty from what I could tell. That is to say, there seemed to be no fish in it, though it was full of water.

I stood some three feet from the tank to make sure I wouldn't taint whatever clues the apparent fishnapper had possibly left behind. Something I noticed right off was that the water in the tank was still rippling, which told me that whatever had happened to the fish had happened only mere moments ago. I had to work fast, but not so fast that I'd miss the forest for the trees.

Behind me, Señorita Andrade had settled back into the couch and she was calm finally, except for

the fact that she was covering her face with the crook of her arm and letting out the occasional whimper.

I wanted to tell her, "They're just fish, lady. Get over it." But it wasn't my place. Besides, I didn't want to take my chances with her casting a spell on me for being rude and uncaring. In addition, as a private eye, I had a responsibility to find her fish and nothing more, so I kept my mouth shut and went back to studying the scene.

First, I looked to the left of the tank, then to its right. I saw nothing out of place, as far as fish tanks go. I did notice, though, that the feeding lid at the back of the tank was wide open. It could've been Señorita Andrade who'd left it gaping wide when she'd first discovered them missing. I didn't see any fish food around, however. But still, no way to know unless I asked her directly, which I would once I got done with my initial examination of the physical scene. It most likely had been the culprit's doing, though. He or she may well have been putting the last of the fish in a clear plastic bag when he heard Señorita Andrade waking up from a nap, or coming in from tending her trees and flowers, and to make himself invisible quick, the fish thief left the lid up. Again, no way of knowing really, and though it may look to the uninitiated that I was jumping to conclusions, well I wasn't. It's called mulling over several possible scenarios. The idea is that if I've already considered an option, when it does rise to the surface I won't be caught off guard. "Always make elbow room for all the options," I'd learned during my detective studies. That way, you never paint

yourself into a corner and come out looking like a chump who misread the evidence.

Once I figured I wasn't missing any clues from this point of view, I moved slowly toward the tank, scanning left, right, over and under. Then closer, and repeating my left to right inspection. Then closer again, etc. Nothing. Aside from the one open lid, this criminal was a whiz at leaving nothing behind that would lead me to the scoundrel. I took one more step, and I heard the rubber sole of my right tennis shoe splatter on the tile floor. I looked down and saw I was standing in a small puddle of water. I held perfectly still, like those soldiers do in the movies who realize too late they've stepped on a live mine and all they can do is stand there, motionless, or else, KABOOM! Okay, my situation wasn't so serious, but still, I didn't even breathe. First, because I was embarrassed that I hadn't spotted the water at the base of the tank stand. The one place I didn't look. Second, I didn't move a muscle because I'd goofed enough already, and with no idea how many clues I'd already muddled up, I didn't want to taint or outright erase any more of them. So, from where I stood I searched the floor in every possible direction. Even craning my neck backward to see if I'd maybe stepped on anything else. I couldn't miss something this big again. And sure enough, as I was swinging my head forward, I spied another bit of evidence: what seemed from my perspective to be tracks on the floor leading out of the living room, into the kitchen, and though I couldn't see past the wall, I imagined the tracks led to the backdoor. The obvi-

ous escape route. But these were no ordinary tracks. I couldn't even call them footprints because these paw prints belonged to the feline species, best I could tell.

"Señorita Andrade," I said. "Have you seen Papuchín, by any chance?" Papuchín was her cat, a yellow and white long hair of mixed breed. Most likely, from what I deduced, he was sitting somewhere in the backyard sun, belly full of goldfish, licking his chops.

"It can't be," Señorita Andrade said. She knew exactly what I was thinking and must have at least given my suggestion some serious thought. Her cat may well have done the deed. But she wouldn't allow herself to come fully to the same conclusion. Instead, she placed a wrinkled hand on her chest. All drama for an old lady who kept mostly to herself. "It just can't be. My Papuchín wouldn't. He wouldn't harm a wing on a fly, much less. . . . But if he did it, believe you me, that ingrate will pay a dear, dear price."

Words, I thought. *Just words*. This woman pampered that cat like he was the king of Sweden. She let him get away with everything the cat put his mind to get away with. So hers was an idle threat right then. In this house, cat would always trump scrawny little fish.

And sure enough, when we followed the trail of quarter-sized prints to the back porch, Papuchín was lying on his fat, furry side wiping his mouth and whiskers with his paw, and then licking that paw for any and all goodies left behind.

"Papuchín!" said Señorita Andrade. "You bad, bad kitty cat. How dare you?"

At which the insolent cat turned for a split moment with what I swear was a smile, the wickedest, smuggiest grin I'd ever seen on man or beast, then he got back to wiping his ugly mug clean.

THREE

ANOTHER CRIME SOLVED BY THE GREAT *MICKEY Rangel, Private Detective*, I thought, *and without the help of my so-called angel and his or her note*. Usually what happens when I'm working on and getting close to solving a mystery I get an anonymous note in one form or another (college-ruled paper, a napkin, an email) in which this angel gives me clues in the way of riddles that are supposed to help me arrive at a final conclusion. But I'm positive I don't need them because I'd get to that end sooner or later, without this assistance. Case in point: today. I was about to say so to Señorita Andrade when the old witch screeched like a banshee again. This time I was standing right beside her. I mean, literally, we were elbow to elbow. So the high-pitched scream shot directly into my left ear, causing me to jump sideways, away from the horrible noise. I had to do a triple-skip-step sort of dance to avoid nearly stomping on Papuchín, who lay there without a care in the world. And so I lost my balance and fell to the ground.

The cat, though, still hadn't budged an inch the whole time. Not at the scream, not at my dance steps

and not at my suffering. There I was groaning from a bit of pain on my funny bone, the part of my body I had decided in the moment to use to break my fall, and there was Papuchín, that stupid grin still plastered across his face, wiping then licking.

I got up on my hands and knees slowly, the pain in my elbow growing more intense by the second. I hoped I hadn't broken a bone.

Señorita Andrade moaned, this time like the howling wind. I was up on my own two feet now, and I spun to look at her. *What now?* I wondered. I bent then straightened my arm to assess the possible damage. I knew enough that if I could move it like I was that this was not a broken bone, so at least there was that. So why was this old bag screaming? The case of the fishnapped fish had been solved, after all.

It's then I noticed she was staring off into the far end of her backyard, pointing a wrinkled finger where she was looking. So I turned my gaze over in that direction, too.

"My lemons, Mickey! My prize-winning lemons. They're gone. They're all gone. I don't understand. Just this morning they were there when I was out watering, but now. . . . Where could they have disappeared to? Won't you help me find them?"

And sure enough, there was not a one left on any of the branches. Which normally wouldn't be so out of the ordinary, except that Bruja Andra . . . Señorita Andrade had some time ago developed a way to keep fruit on her tree year-round, even this far out of season. Another reason why the neighborhood kids thought she was a witch. *It's unnatural*, the kids

insisted, *to have this green of a thumb*. So either she'd found just the right mix of fertilizer, or she brewed one up.

But they were good lemons. Award-winners, like she said. Every year for as long as I could remember, we in deep South Texas celebrate the annual Lemon Festival and Lowrider Bicycle Show, during which entrants show off either their best lemon-based edible concoctions, or their low-and-slow shiny rides. And for as long as I could recall, it had been Señorita Andrade bringing home the first prize ribbons. In the lemon category, not the bikes, that is. And with the festival coming up in a couple of weeks, her lemons missing put her in a bind. She'd be put in the position of having to purchase her lemons from the grocery like all the other entrants instead of using her own fresh fruit.

So, this caper wasn't going to be as easy to solve as the fishnapping feline feast, because this was no easy crime to commit, and a crime it was. Theft, plain and simple. Premeditated. A person doesn't innocently abscond with several sacks full of lemons.

That's a lot of lemons to pluck from a tree without getting caught.

So who could've done it? And why? An inkling of a hypothesis had begun to run through my head, but it was too unbelievable to fathom. These lemons, for one, were Señorita Andrade's award-winning lemons, and so it made sense that there'd be more than a few suspects who'd have motive: For instance, there was Mrs. Park from one street over whose backyard abutted Señorita Andrade's. Year

after year, try as she might, she always came in second or third with her lemons; and there was also Mr.
Crowe who had threatened on more than one occa-
sion that he'd get her and her dreaded lemons one
day soon and in so doing would himself come in
first place and score the lemon-yellow ribbon. But I
couldn't see either one of them making off with all
these lemons. I mean, Mrs. Park needed a walker to
get around, and slowly at that. Mr. Crowe was in a
squeaky wheel chair. And they mostly hated each
other, Mrs. Park and Mr. Crowe did, so I couldn't see
them being in cahoots, hatching a plan like this.
Conspiring together in this lemon tree caper. The
way I figured it, if they had found a way to put their
mutual animosity aside this one time, it would still
mean one of them coming in second while the other
enjoyed the fruits of their co-labor, so to speak.
Though maybe it was enough for them to be able to
ensure Señorita Andrade's certain defeat. But please!
They were old, decrepit, practically falling to pieces.
Mrs. Park on her last legs, literally. Mr. Crowe on
wheels. I had to chuckle at the thought of those two
scheming.

I put my hands in my pockets to pace and think,
and I felt the three quarters, two dimes and six pen-
nies in my left pocket. I knew this meant something,
but I couldn't quite put my finger on it. It was there
on the tip of my brain, just out of reach. It didn't help
either that Señorita Andrade was going on and on
about missing the festival and how this year, she
was sure to win again with her watermelon-sweet-
lemon lemonade. And just then I remembered what

I was supposed to remember about the money in my pocket: two cups of Tina's super duper ice-cold lemonade. Boy, was my throat dry. More now than it had been when I was on that infernal bus. As soon as I was done here I'd head straight to Tina's stand to quench my thirst.

But before doing anything else I needed to study this new scene at Señorita Andrade's. Here's what I found: a tree minus every bit of fruit, shoe prints and lots of them in two, maybe three sizes (only a few were clear enough to make out; otherwise, the rest were marred, nothing more than smudges twisted into the dirt), over by the far back corner of the yard where the gate was (likely the thief's entryway and exit since Señorita Andrade just then explained she never locked it); the grass bent and bruised in what could pass for two wheelchair tires; and pock marks that could also be easily taken for the four feet of a walker. I took a final look around and spotted a piece of folded up paper stuck under a rock by the back gate. I stepped lightly in that direction, my gaze on the ground before me. *Too convenient*, I thought. *So out of place that it had to have been put there on purpose, meant for me to find it.* And so I asked, "Señorita Andrade, what can you tell me about this?"

She responded that she hadn't put it there, which made me suspicious. So I bent over it and looked at it carefully before picking it up. If this hadn't been put here by Señorita Andrade someone else definitely had. But who? And why?

The rock had been deliberately set smack-dab in the middle of the meticulously creased paper. With-

out disturbing too much of the potential evidence, I lifted the rock slightly, only enough to slide the paper from under it. I don't mind admitting that I was more than excited. Agitated would be a better word to describe my emotions just then. This could well be the angel's note in which he or she revealed clues in the form of a riddle, clues that I'd eventually discover on my own without this unasked for "help." Or, it could've also been a clue left behind by the bad guy, bad girl or bad guy and girl. Better stated, by the looks of it, the bad old woman using a walker and a bad old man in a wheelchair. Two things about that, though: first, I'd learned early on in my career as a detective that I couldn't close the book on a case too early by limiting myself to one or two suspects, thereby clouding the rest of the investigation; second, it was clear that the prints left under the tree were not made by wheels or tips of walkers, but by actual feet, thus ruling out Mrs. Park and Mr. Crowe, for obvious reasons. They'd been at the gate at some point, I was fairly certain of that, but of nothing more. I'd have to follow up on this.

For now, I had the note to look over. "Open it," Señorita Andrade said, impatiently.

I did, only to find that it was blank. What could this mean? I must've stood there chewing over the possibilities longer than Señorita Andrade could stand because when I turned to tell her the plan was to replace the note under the rock just in case, she was gone inside the house. Could she have gone in to get us some of this watermelon lemonade she'd bragged about earlier? But the back porch door was

shut and it didn't look like she'd be coming out, so I refolded the piece of paper, put it back under the rock. I'd have to think about this mysterious clue. Or non-clue. Perhaps it was nothing more than a red-herring to throw me off the scent. I put my hands in my pockets again, and once more the coins in my left pocket jingled. It was time to head to Tina's stand.

And then something much bigger than before struck me about the missing lemons and Tina's lemonade stand, and I knew exactly where I should go next.

I knocked on the back door, poked my head into the kitchen and announced to Señorita Andrade not to worry. "I'll get to the bottom of this, ma'am. Mickey Rangel is on the case."

FOUR

I DECIDED TO TAKE THE ALLEYWAY OUT TO THE STREET. I was curious about the tracks allegedly left behind by Mrs. Park and Mr. Crowe. Sure enough, both sets led from Señorita Andrade's yard directly across the alley to Mrs. Park's. Both sets. What I couldn't figure was how these two, Park and Crowe, who'd sooner sell one another to a carnival show, had set aside their ill feelings for each other to spend even a few moments together. More curious still was why'd they be hanging out in Señorita Andrade's backyard? And on the day the lemons were stolen? Most peculiar. Intriguing as it was, trying to figure that one out was leading me nowhere on the lemon tree caper.

I headed out of the alley and toward my leading, though unlikeliest of suspects. But I couldn't shake the thought: *Could I have misjudged Tina all these years? Could she be conniving and devious like her evil brother, Bucho?*

Only one way to find out, but I'd have to play it just right.

"Look who the cat's dragged up my way," said Tina, smiling as she stirred the last of the lemonade.

I could hear the ice clinking, and my mouth, dry as it was, watered.

"Huh?" I said.

"It's an idiom, you know, a saying. Ever hear of them at school?" she said. "I swear, they must not be teaching you all anything in the fifth grade."

"Huh?"

"Here's another one . . . did the cat get your tongue?" When I didn't say anything, she added, "Never mind."

Tina talked fast and thought faster. I always felt left behind when I was talking with her. Eating her dust. An idiom. I knew what they were, but this girl got me tongue-twisted for some reason. Which is why I avoided any contact with her if I could manage it. But right then, I had to say something since I was on the case. The best I could muster, though, was, "Looks like you're down to the dregs," pointing at the near-empty pitcher in front of her. I spotted a bowl of fresh lemons sitting off to the side on the table. I hadn't seen them from the bus earlier. Interesting placement, if these were indeed from Señorita Andrade's tree. Best place to hide the loot is in plain sight, I guessed.

Then Tina said something that really made my ears perk up: "Yup. I'd almost gotten rid of all the evidence, but up you came, our neighborhood's very own gum shoe."

Had she just inadvertently admitted her guilt to me? A sort of Freudian slip? Because you know what they say about guilt: it'll find you out, every time. So I gathered my thoughts before asking my first ques-

tion, the all-important one that would set in motion the tone for the rest of my inquest. "So, Tina, about these lemons . . . " I grabbed one from the bowl, turning it in my fingers. It was warm, not cool like I had expected. But they had been out in this heat for as long as she had.

"What about them?" she asked, taking another in her hand and turning it, too, but looking at me, one brow raised higher than the other, a hint of a sly smile on her lips.

"Well, here's what, Tina. I don't think these are *your* lemons."

"Whose would they be, then, if not mine? I mean, they're in a bowl that *I* brought out here from home, the bowl's on a make-shift table *I* hammered together, for a business that *I* set up. So if they're not mine, then whose are they?"

"That's what I'm trying to figure out," I said.

"You're so serious, Mickey. Almost like you think I've done something wrong that involves these lemons."

"Have you? Done something wrong?"

"I don't think so," she said. "But I wonder if this'll help you figure it out." She was holding a piece of paper out to me. Right at the same moment I looked down at the lemon in my hand where I spotted a blue sticker that read "Meyer Lemons" and just under that "#4304." I took another lemon from the bowl, and another and another, turning each until I found the same sticker attached to them. It doesn't take a detective to figure out these were not Señorita Andrade's lemons, but most likely

without question store-bought. Next came the nail that sealed this coffin shut in the form of a receipt from Walmart. Among the items purchased were a few dozen lemons, a couple three-pound bags of ice, a Styrofoam ice chest, cups and some sugar.

"Am I off the hook from whatever it is you think I've done with these lemons, Detective?"

"Huh?"

"Again with that?"

"Huh? Oh, yeah, the huhs, huh? Sorry, it's just that I thought I was on to something. But I guess I was wrong," I said, replacing the lemons I'd snatched from the bowl. "Sorry for the confusion."

"No worries, Mickey. I get that all the time being Bucho's sister."

"Yeah, I bet. But I should've known better. Sorry."

"Well, if you're that sorry, you'll buy the last of the lemonade. It will quench your thirst, I guarantee it. You see, it's an old family recipe." She was pouring a cup for me. "What I do is boil some sugar in water until it turns syrupy, then let it cool. People usually just pour sugar directly into the lemonade, but that normally makes for a sweet flavor. My way, you get a good mix of both sweet and tart. I pour the syrupy sugar into fresh-squeezed lemon juice, follow it with cold water and mix well. I rest the pitcher in a bowl of ice, so there's no watering down of the taste, and keep it cold that way too. Then I pour it over a cup of ice. Simple, really. But good, don't you think?"

And I did. As soon as I was done with my first cup, I took a second one, and afterwards, I wasn't thirsty. I had never had lemonade quite so good

before, and at that moment I imagined that not even Señorita Andrade's watermelon lemonade could compare. I paid Tina what I owed her, though right then I thought I owed her more than a dollar. I'd apologized already, but I couldn't shake the sad look she got in her eyes when she told me she was always being compared to her older brother, and I'd contributed to that cycle. "You're right, Tina," I said. "First, this is the best lemonade I've ever had, and I'm not thirsty one bit. Second, you're nothing like your brother, and I should've known better to jump to some stupid conclusion."

"Are you going to tell me what's going on, Mickey? I deserve at least that, don't you think?"

So I told her everything, and listening to me tell it right then made us both laugh. I helped her tear down her stand. We packed it and the rest of her stuff all in a wheelbarrow she'd stashed behind some bushes, and I pushed it all the way to her house.

"Well, I know you'll figure it out, Mickey," she said when we reached the corner of her yard. "You always do."

"Yeah, and you'll be the first to know who-done-it."

She laughed and took the barrow from me. "I've got it from here," she said. "Thanks, Mickey. For everything."

I felt myself blushing, so as I was turning to go I told her it was nothing, but I thought of something important I could say, so I stopped, faced her and said, "Tina, maybe you should enter your lemonade in the Lemonade Festival this year. I'm sure you

could take the top prize." And I meant it. Her con-coction was that good. She smiled and waved. If I never solved another mystery in my life, including the one I was working on at the time, I'd still have been a happy boy. Something else I noticed was that I hadn't stumbled over my last few sentences talking to Tina. I had to wonder what was different now, if anything.

ALL THE WAY HOME SOMETHING KEPT TICKLING ME AT the back of my mind: Though they obviously couldn't do it because of their disabilities, what were Mrs. Park and Mr. Crowe doing sitting just inside Señorita Andrade's backyard? What was so important to see that they put aside their differences? Whatever it was, it had to be big. Unless they'd been pulling the wool over our eyes this whole time? Nah, I didn't buy it.

So, if not the thieves themselves, could they at least have witnessed the wrong-doing? Worth checking into, but it would have to wait a little while, maybe once I'd gone home and looked in on Ricky, ate something and did a bit of my homework so I wouldn't have to stay up too late.

My backpack was right where I'd dropped it. I slung it over my shoulder and stepped into the coolness of our house. The difference in temp was noticeable, pleasantly so. My sweat dried off immediately. I peeked in on Ricky, who was laid out on the bottom bunk, snoring as loudly as a train. I went to the kitchen next and got a snack, sat at the table and unzipped my book bag.

Pulling out my books, a bright yellow paper fell out first. I didn't recognize it, but I wasn't surprised: the angel's note, the real one this time, I was certain of it. I unfolded the paper and read the following so-called clue:

X doesn't mark the spot this time, but a stone does, and you know what they say about a stone: When you find one, don't leave it unturned, even a previously upturned ONE.

Why? Because you just might find a clue unseen by the naked eye. Look for the WORD where there is NONE. LIGHT a fire under it—in so doing, the WORD will reveal itself to you.

Sí, I said LIGHT a fire under it, but be careful not to put a match to the clue. If you do, you'll be back at square one, with nothing to go on. And slightly worse for wear.

As far as clues went, this one was sillier than many others the Angel had left. I got the play on words and letters: X, Why?; and Sí equaled X, Y and Z. Absolute cheese. The rest was no challenge either. The angel was losing a step or two on me, it seemed. I had to go back to the rock holding the paper from furling away in this non-existent wind. The paper had been blank, so there had to be a clue on the rock's underbelly. The next part, I had to admit, was giving me some problems. If the WORD, that is the clue were on the rock, it couldn't be simply written there, because it was invisible to the naked eye, so I'd have to find a way to make it out. But then I thought, *Well, if it goes unseen, that also may apply to the paper.* So I'd have to look more carefully at the

paper as well. The last part was insulting. As if I hadn't already been working my tail off to discover who'd amscrayed with Señorita Andrade's lemons! It wasn't enough to be out in this unforgivably hot sun, running down worthless clue after worthless clue! And here the angel was telling me to light a fire under it, to work harder. If he or she knew so much, why wasn't the angel out here doing the leg work him or herself? "Patience is a virtue, so you can keep the insults to yourself," I said, but I got no answer. I wasn't expecting one.

But to get to the bottom of this crime, I thought there was no better time than the present. I finished my cheese sandwich, grabbed my infrared glasses and my magnifying glass and started for the door. I had to strike while the iron was hot, right?

I so didn't want to visit with her a second time in one day, but I headed to Señorita Andrade's nevertheless, knocked on her door, asked if I could get into her backyard for that piece of paper. She said, "Sure, but I can't join you, though, Mickey, because this ill-mannered cat and I are watching his favorite soap opera. If he skips a day, he'll be impossible to deal with." With that she let me in, said I knew where the backdoor was and she and Papuchín headed back into the living room.

I stepped out into the backyard and headed directly for the rock. I flipped it over on my palm and studied it carefully, to no avail. There was nothing I could do with either the glasses or the magnifying glass to spot a clue. Then I picked up the paper, and lo and behold, there was a box of match-

es hiding under it. Odd, because it hadn't been there before. So the angel had to have been here after I'd left, and without alerting Señorita Andrade. Most interesting. Though Señorita Andrade was getting up in age and maybe losing a step or two herself.

I slid open the box only to find one match, and on the inside of the box some tiny writing. Could this be the clue I was meant to find? I pulled out the magnifying glass and read: *There's no time to waste, so I'll dispense with the riddles. The message on the paper's written in invisible ink made of lemon juice. Nifty, huh? To read what it says, simply run the lit match under the paper. The heat from it will turn the writing a shade of brown. But don't get the match too close to the paper, or you'll burn both the note and your fingertips, if not the witch's house down.* The angel was suffering from verbal diarrhea, it seemed. That was a lot of words for such a little box, but I took the match, lit it, ran it under the paper like instructed and, sure enough, a message appeared: *Tonight at around 7, a soft stone's throw from X, the Black Bird will meet at Gathering Place's to dance the dance of happy thieves. If you see it, you won't believe, but accept it: Birds of a feather WALKing together?*

Hmmm. Much to think about. But I was onto something, something big. Bigger than BIG! I headed home to think it through.

SIX

THAT NIGHT, BUT WELL BEFORE SEVEN, I SNUCK OUT OF the house and stole back into Señorita Andrade's yard, quiet so I wouldn't be found out. I was wearing my black outfit to move undetected. I had memorized the message but carried the rock with me. Standing where the rock or X had been marked the spot, that much was easy. The next part I had to work a bit harder at deciphering. What did "a soft stone's throw" mean exactly? Was I supposed to chuck the rock in my hands? And if so, in what direction, and how soft was soft? Through the process of elimination I ruled out as far away as I could get it, which was over Señorita Andrade's house, likely over the neighbor's house across the street and into the next street, give or take. And not just over Señorita Andrade's house, because even though that wasn't as far, it still took more than a soft effort. The only option left was an underhanded throw, so I tried it. It wasn't a full swing, but it wasn't a namby-pamby one either. It flew halfway into Señorita Andrade's backyard, very close to the lemon tree, but that didn't make any sense in terms of direction. Though detectives in the movies are

fond of saying that a criminal invariably returns to the scene of the crime, in real life it doesn't happen so much. The thieves had made off with every single lemon, there wasn't any need to come back.

In spite of the dark, I was still able to find the rock, walked back to X and imagined the other possibilities: down the alley to the left close to the dumpster, down the alley to the right close to nothing in particular or over Mrs. Park's fence, but that pointed a finger of accusation at Mrs. Park again, and because of her physical state (and Mr. Crowe's for that matter) I was fairly certain she was not involved, except possibly as a witness. I decided to leave X and hide behind the dumpster to watch this evening's events unfold. It was only a few minutes now before seven.

I hadn't yet figured out the whole clue, and I was fortunate the trash had been picked up earlier today so there wasn't the usual stench. As for the rest of the riddle, it was obvious from the use of capital letters in Black Bird and Gathering Place and the possessive form of Gathering Place that these words were important to working out the puzzle and be that much closer to solving the crime. A crazy thought snuck into my mind then: A crow is a black bird, and if I played it fast and loose with my definitions, a park could be a sort of a gathering place. Again, that finger of blame came back to Mrs. Park and Mr. Crowe, but how silly was that to allege that these older and disabled folks could walk freely, much less dance. Crazy, right? Again, I had to think the angel was losing his or her edge.

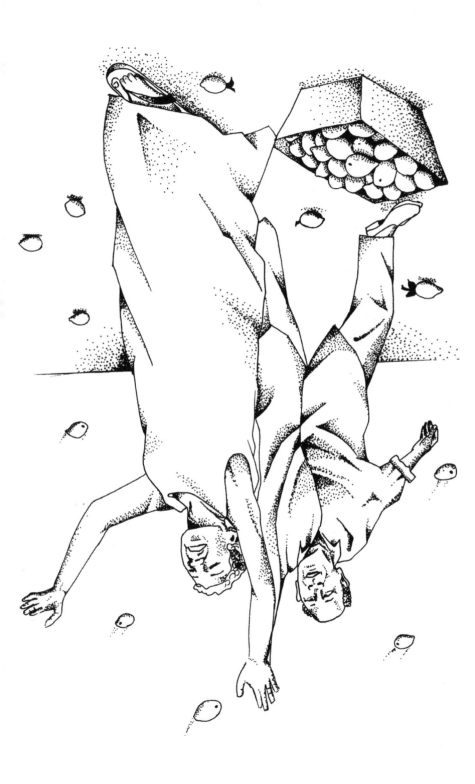

But then Mrs. Park's back porch light came on. I took a peek around the side of the dumpster when I heard a rhythmic squeal coming up the alley from the opposite end. I couldn't be sure exactly, but I could make out a shadow heading toward Mrs. Park's back gate. And once the shadow reached the edges of light from the porch light, I was sure it was Mr. Crowe. I looked at the glowing hands of my watch: Seven on the dot. Then her back gate opened wide, and to my surprise Mrs. Park wasn't using her walker! And more shocking still, after exchanging quiet greetings, Mr. Crowe, that sly black bird, stood up, and WALKed into the yard, shutting the gate behind him!

Only thing left for me to see was these two dancing, so after I gathered what was left of my wits, I tiptoed to the gate and peeked through the slats in the fence. And sure enough, they were dancing. Well, not exactly dancing, more like skipping giddily, like two school children who've gotten away with playing a trick on the teacher. They were actually giggling.

Mrs. Park pointed at a large box that sat before them. Mr. Crowe opened the flaps of it and then they both started taking out lemons by the handful and letting them fall to the ground like confetti.

Then from behind me a noise, like a twig breaking under the weight of someone's foot. Mrs. Park and Mr. Crowe looked up from their merrymaking, this paralyzed me in my place. With a speed I wasn't expecting, Mr. Crowe was at the gate and slamming it open, and before I could turn and run, he had a steel-trap grip on my shoulder and was pulling me

into Mrs. Park's yard. Then I heard something like flapping wings above us, and next thing I knew, we were face first on the ground, and Mrs. Park was howling like a banshee herself. I blacked out from all the excitement.

NEXT THING I KNEW, I WOKE UP IN OUR LIVING ROOM. It took me a few moments to get the groggy out of my head, but I was seeing clearly. Mom was wiping my forehead with a wet cloth. That felt good because the cloth was cool, and on a day like today, it was one of the only things that made sense.

Señorita Andrade was sitting on the rocking chair, with Papuchín purring on her lap. I noticed a small fish tank on the coffee table. It was a purple beta fish with a red tail, and I'd be a monkey's uncle if that cat wasn't licking its chops, staring at it like it would do for a late night snack.

"You're a good boy, Mickey. I knew in my bones that you'd find my lemons. I didn't think you would do it so quickly, but there you go."

"I did?" I sat up slowly. "I mean . . . yes, ma'am, I did." I wanted to ask her for the skinny on what had happened after I'd passed out, but I didn't know how to bring it up without making myself sound like I was incapable.

"I see you've spotted the fish. I brought it to you as a gift. Besides, I don't trust this one as far as I can

throw him to keep anymore fish in my house." She laughed.

I tried, but my laugher didn't work right then.

"I've already described to your parents and that brother of yours what took place tonight. But I'm sure you want to know what happened, too, right?" Was she reading my mind? Impossible. She wasn't a witch.

She smiled. "Well, here goes . . . I was watching my reality show when I heard a *thunk* out in my backyard. I've got good eyes for the dark, so I saw you out my back window the whole time. When you left out the back gate, I went out and saw your surprise when Mr. Crowe stood up out of his wheelchair and walked arm in arm with Mrs. Park, minus her walker. Those two have fooled us all, myself included. I guess I wasn't as careful as I thought I was being, because I stepped on a dead branch, and that's when Mr. Crowe took you by the shoulder."

"Señorita Andrade, right before I fainted, did I hear a bird flying overhead? I thought I did, and it sounded big," I said.

"I don't know anything about that. But Mrs. Park screamed really loud. Could that have been what you heard?" she asked.

"Not really because I heard her yelling, too, but only after the fluttering, so . . . "

"Like I said, boy, there wasn't any bird. I simply walked into the backyard and confronted the two. I'd already phoned the police on my cell," which she produced from a pocket in her apron. It looked like she'd taken a Bedazzler to it. "I didn't want to

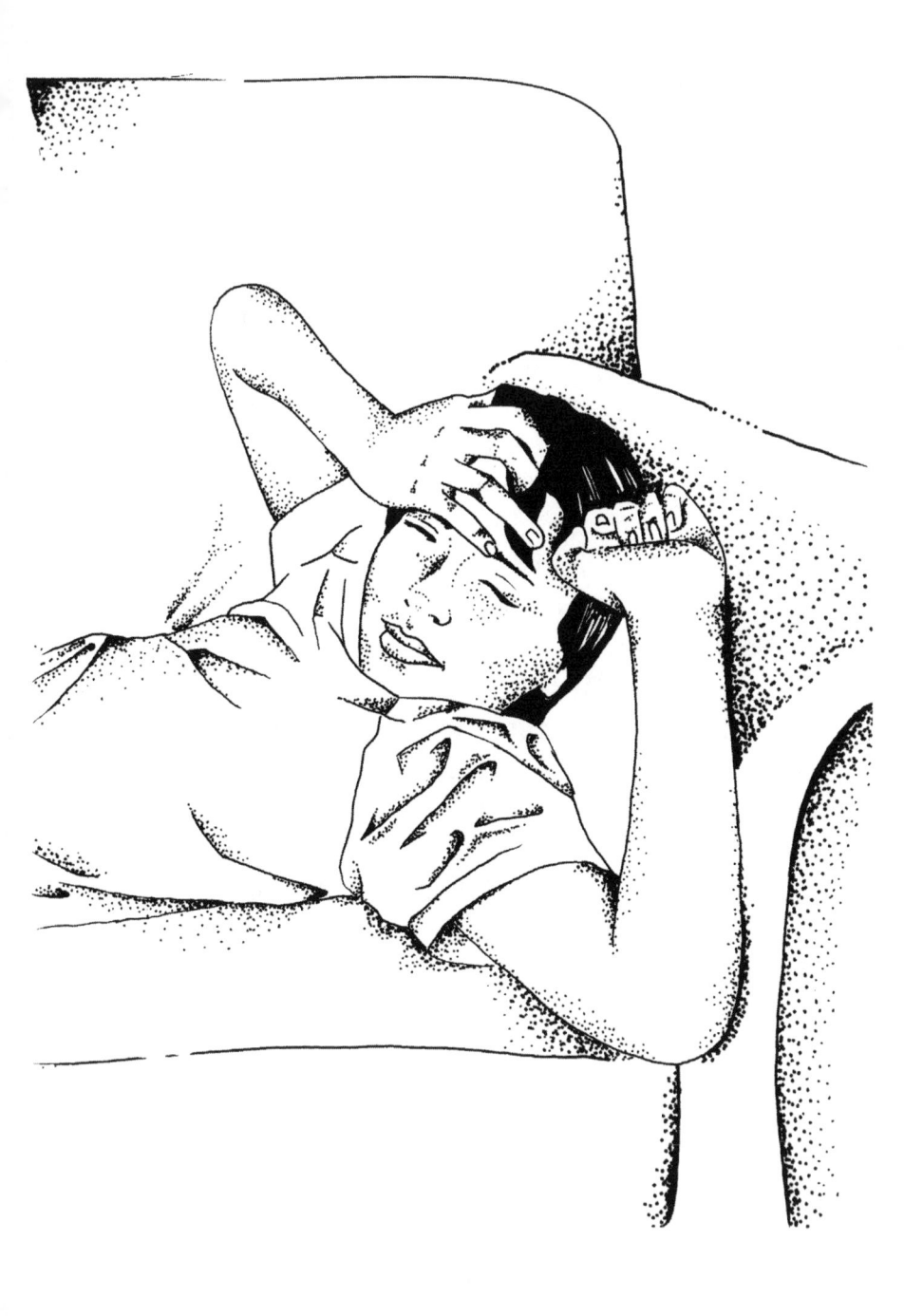

involve you in any of this, especially if the police were headed over, so I brought you here. Then I went back. Park and Crowe must've been so embarrassed to be caught yellow-handed because they were still where I'd left them. Anyway, the police showed up, Park and Crowe were arrested, and I got most of my lemons back. All thanks to you, Mickey." She stood and walked into the kitchen. I heard the fridge open up and some jingling, which I recognized as ice clinking in a glass.

While Señorita Andrade was gone, I assured my mom I was okay, but was I ever thirsty. I hadn't had anything to drink since Tina's lemonade. Which reminded me: First thing tomorrow I would go to her house and give her the scoop.

Señorita Andrade walked in just then with a tray loaded with glasses of her lemonade, which she passed out to us. Mine looked especially full, and I chugged it in one steady gulp.

And you know what? I was wrong about Tina's lemonade. Hers was good, but it didn't compare to Señorita Andrade's. Witch or not, she mixed a mean brew. And I had no doubt she would be bringing home the first-place ribbon again this year.

Thanks to me, Mickey Rangel, private detective.